MENINOS SEM MATILHA

contos

Coordenação editorial: Sálvio Nienkötter
Editor executivo: Raul K. Souza
Editora adjunta: Isadora M. Castro Custódio
Revisão e editoração: Jussara Salazar
Produção: Cristiane Nienkötter
Projeto de capa: Anderson Junqueira

Dados Internacionais de Catalogação na Publicação (CIP)
..................................Angélica Ilacqua CRB-8/7057..

Carrano, Pedro
Meninos sem matilha / Pedro Carrano. -- Curitiba : Kotter Editorial, 2019.
66 p.
ISBN 978-65-80103-67-6
1. Contos brasileiros I. Título

19-2144 ....CDD B869.8

KOTTER EDITORIAL
Rua das Cerejeiras, 194
Telefone: +55 (41) 3585-5161
Email: contato@kotter.com.br

PEDRO CARRANO

MENINOS SEM MATILHA

contos

KOTTER
EDITORIAL

I
INVENTO

II
MOVIMENTO

I
INVENTO

PONTO DE FUGA

Não entendi por que aquela Kombi estava estacionada na frente do prédio, sendo carregada de livros, que já preenchiam toda a caçamba. Não havia outro vizinho que lesse tanto como o meu pai. Então os livros só podiam ser dele mesmo. Naquela pilha eu reconheci a marca do pai. Todos eles brilhavam, mantinham as lombadas intactas e as páginas pouco amareladas. Lá estava uma edição de O Velho e o Mar, um dos seus primeiros livros, que havia pouco tempo ocupava um espaço privilegiado na biblioteca, na frente da escrivaninha. Agora era um livro antigo apenas, jogado de qualquer jeito. Não eram só as obras que estavam sendo jogadas dentro da Kombi. Os recortes de jornal, os fichários, diários de trabalho, os esboços também! Quilos de pastas com uns trinta anos de pesquisa. Quantas famílias de escritores não dariam tudo pra ter acesso àquele material? Meu pai é o verdadeiro parente dos escritores. Aquelas pastas guardavam tudo sobre eles. Com a internet, muita gente dizia que era uma besteira isso. Eu mesmo nunca mais colecionei recortes sobre futebol. A rede tem milhares de imagens de jogadores, não tem mais sentido ficar colecionando jornais e poeira. De repente um gelo percorreu minhas costas. Imaginei que meu pai fosse se mudar. Mas só os papéis eram removidos da casa. "Seu Ricardo deu uma saída, mas volta depois do almoço", disse o cara que carregava os livros. Ele cruzava o meu caminho com indiferença, pouco se importando se tinha nas mãos fragmentos da nossa vida. Por que não cortam as árvores? Por que não mudam a pintura da casa e pronto? O impacto foi pior ainda quando entrei. O cômodo principal da biblioteca doía na vista mais do que um deserto, pior do que um vazio. Sem cuidado nenhum o desgraçado da Kombi ia desmontando trinta anos de trabalho. Ao menos demonstrasse constrangimento! O alvo das críticas da minha mãe e do marido dela era esse: meu pai não se apegava às coisas práticas da vida. Carro, computador, celular, churrascaria, datas, aniversários, televisão, gravata, vasos, cortina, a nada disso ele dava valor. Apenas aos livros. Minha mãe exagera. O velho, ex-sindicalista e funcionário de banco, ultimamente andava atrás de um emprego. Tentou até o concurso do Censo do IBGE, ao lado da moçada nova e dos grisalhos que ainda não podem se aposentar. Claro que ele sente a realidade, ninguém escapa desse minotauro. "A gente vai pro almoço, mas avisa o seu Ricardo que está quase tudo certo." Não olhei pro cara. Como ele podia dizer que estava tudo certo? Foi aqui que eu descobri o que é a solidão de uma pessoa, e até hoje não sei se a solidão é um gesto de coragem. Mas, quando estou no campo, aguardando um passe, é na biblioteca que eu penso, na solidão do meu pai travando uma batalha contra os livros. De repente bate uma angústia. Me sinto culpado. Aprendi tudo em silêncio, disfarçando, falando de futebol. Uma vez perguntei: "O que um poema tem a ver com a realidade?" Um elefante não pisaria tão forte. A porta abre e ouço meu pai caminhando pela sala. Seus passos ecoam pela casa vazia. Caverna abandonada. Casa depois do despejo. Como ele consegue andar neste descampado sem tropeçar na falta de referências? Como ele pode dizer "Oi, filho, já almoçou?" e não olhar o musgo e o mofo das paredes nuas? "O cara da Kombi estava aí quando você chegou?" Gaguejei. Não respondi nada. Seu olhar não se detém em direção alguma, recusa-se a olhar pra mim. Meu pai olha apenas a fumaça do seu cigarro dispersando-se pela janela.

A CÉU ABERTO

A água nunca tinha sido ouvida. Ela transbordava da lagoa no alto da chácara do velho Fran, escoava por uma tubulação, contornava toda a vizinhança, as casas dos meus amigos, e passava bem debaixo do quintal de casa. O mês era de muita chuva.

O muro que separava nossa casa do terreno do velho começava a se inclinar, não entendíamos como ainda ficava de pé. O muro não tombou, mas em pouco tempo o problema ficou descoberto: a manilha dentro do quintal estava fora do lugar, as águas da enxurrada se espalhavam e comiam a terra, o piso e tudo o mais, destruídos fácil como paçoca. Foi preciso que abrissem um buraco no quintal e outro no muro pra escoar o aguaceiro.

A partir daí não pudemos mais usar a porta dos fundos. A mãe tem horror a qualquer tipo de sujeira, ainda mais pó de construção. Os pedreiros começaram as obras martelando o piso que ainda restava. Quando o buraco já era maior que uma pessoa, uma poça foi crescendo. Não parou mais. Desviaram a enxurrada terreno abaixo, o líquido serpenteava pela grama, procurando caminhos, trovejando de um jeito que os vizinhos se assustaram e vieram ver o que era aquilo. Quando chegou do trabalho, meu irmão fez pouco caso da novidade do dia, nem foi até o quintal saber do buraco. Ele precisava ler os xerox, os arquivos no computador, escrever a tese de doutorado deixada pros quarenta e cinco do segundo tempo. "Estou o dia inteiro sem comer." Aquele barulho não o deixou nem um pouco curioso.

Nos outros dias a obra continuou e pra gente era a glória, como se um pedaço da lagoa passasse por aquele intestino aberto dentro do nosso quintal, carregando folhas peixes galhos. Às vezes um filete de água, às vezes uma enxurrada. Eu e a piazada tivemos a ideia de jogar uma garrafa onde a tubulação começava, com uma perereca viva dentro, lá da lagoa na chácara do velho Fran, e esperar a sua chegada em casa. A navegação que ela faria por dentro da terra e da tubulação cutucava a nossa mente só de imaginar.

A manilha ficava perto da terceira margem da lagoa, era preciso remar até lá. Remamos na chuva. Na chuva não tinha perigo, o velho Fran não se aproximava e só atirava com a espingarda de chumbo da sacada da sua casa, encoberto pelas árvores.

Depois de horas de espera, quase de noite, só o fundo da garrafa apareceu em casa. A perereca, nosso capitão Jim, não foi feliz. No dia seguinte, empolgados, tentamos de novo, com uma garrafa de plástico e uma perereca menor. A garrafa chegou suja e amassada. A perereca não aguentou o tranco. Com dois gravetos, nós a crucificamos às margens do buraco de casa, os dois bracinhos pregados com grampo, até que a próxima enxurrada levasse embora o nosso "Jesus Sapo". Foi assim que o batizamos.

Eu chamava o meu irmão pra ver, narrava tudo o que acontecia, mas ele não tinha tempo, ainda nem tinha dormido naquela semana, empolgado com os novos capítulos da tese. Eu perguntava se dormir não era bom. "Pra quê? Já li oito livros só essa semana, brodinho." Mas eu guardava um segredo, e só dormindo ele descobriria.

Os gorgolejos daquela água não deviam nada pra força musical dos rios. Eu insistia pro meu irmão relaxar um pouco e fechar os olhos, pra daí sonhar com o que eu vinha sonhando a semana inteira. Não queria dizer o segredo, mas não teve jeito: eu atravessava a cidade em um trem, a toda a velocidade. Ele riu e disse que eu estava em fase de crescimento, era por isso, uma hora os sonhos iam se acabar. "Meu trem é outro", e mostrou o calhamaço do projeto. Fiquei desconfiado do aviso do meu irmão. Pra tirar a dúvida, medi a minha altura. Continuava a mesma. Não podia ser isso. Por vingança, recortei uma reportagem sobre os males do café, do guaraná em pó e do chimarrão em exagero. Mas ele retrucou: "Não tomo mais nada desde o começo da semana, estou num ritmo alucinante, só no fôlego, brodinho."

Outras coisas aconteceram naqueles dezessete dias de obras: o nosso cão e alguns vira-latas invasores andaram se pegando através da abertura do muro. A mãe ficava neurótica com medo de assaltos. O Velho Fran começou com uma história que a água das chuvas que transbordava da lagoa também era propriedade sua e não iria mais passar pelo nosso quintal. O velho planejava construir uma piscina e um tanque de pesca, quem sabe até um pesque e pague. Ameaçava fechar a entrada da manilha. Outros vizinhos apareciam pra uma conversa sobre a possibilidade de desviar o córrego pro quintal deles. Mas nada daquilo tocava o meu irmão, ele sempre pensava em algo diferente do exigido.

Eu queria saber apenas do ritmo dos meus passeios de trem. Só que uma noite fui jogado à força pra fora do vagão onde era levado. O trem silenciou e sumiu no trânsito da cidade, sem nem apitar uma última vez, como se fosse um carro comum, sumindo rapidamente no horizonte. Tentei correr atrás, mas quem disse que a gente consegue correr nos sonhos? Acordei, com medo de estar com alguma ferida. Fui ao banheiro e achei estranho: pela primeira vez tudo estava em silêncio, nada do barulho das águas, nada dos golpes do meu irmão nas teclas do computador. Passei pela escrivaninha dele e não havia ninguém.

Então resolvi ir até o quintal, seguindo um método oposto ao dos cegos: eu caminhava tateando um barulho ausente.

Dei a volta pelos fundos, o cachorro já me esperava no portão, com o jeito de quem quer ser o primeiro a contar uma notícia. O buraco finalmente estava tapado, o muro reforçado, e as propriedades bem demarcadas novamente. Tudo seria como antes, só faltavam os azulejos novos. Tinha um amontoado de poeira, mas a vassoura da minha mãe daria logo um fim naquilo. O estranho foi ver meu irmão ali, encostado no muro, com um cigarro apagado na boca. Nós dois estávamos juntos, olhando o céu daqui deste chão batido. O cigarro apagado. As estrelas também. Nossos sonhos a mil.

Finalmente ele bocejou.

UM LUGAR

Pedro chegou pela manhã para o trabalho na montanha. Embora não constasse como emprego formalizado, ele iria atrás dos ovos de gavião, que mal cobriam o sustento do caçador, e se tornavam cada vez mais escassos. Não que as aves os escondessem, os animais não têm essa reação imediata ao progresso. Adaptam-se, mas é um processo difícil. Por que um gavião deixaria de voar caso o céu se tornasse perigoso? Por que um gavião deixaria de ser um gavião? Ele morreria a uma perda de identidade como essa. Morrer. E os gaviões estavam mesmo morrendo. Pedro não encontrava um ninho sequer. Ratos ele via aos montes, e também cobras. Os répteis tomavam sol em volta dos rochedos, ou faziam a leitura do ambiente em cima de uma árvore. Por saber o ponto exato onde as aves pousavam, parece que esses animais leem o mundo muito melhor do que os homens. Pedro atravessava trilhas íngremes, aleias perfumadas. Entre os galhos, teias guardam aranhas que o caçador arriscou comparar com vários sóis negros. Seu avô — o louco — foi quem o ensinou a associar as coisas. O velho comparava a cabeça da cobra naja com uma concha na qual quem colocasse o ouvido morreria envenenado. Um viajante trouxera duas najas para o lugar, e desde então as cobras vêm se reproduzindo.

A uma boa altura, poucas árvores atrapalhavam a vista do vale, lugarejos distantes se tornavam, vistos do alto, reduzidos ao domínio de seus olhos e sonhos. Pedro tentava decifrar seus movimentos. Alguns lugares cresciam mais do que outros. Alguns expeliam muita fumaça. Não podia perder tempo, os ninhos eram poucos e somente pela manhã era possível roubar os ovos. Depois, os gaviões voltavam da sua caça. Outros homens não se importavam em trabalhar à tarde, batiam com um porrete na cabeça da ave, e jogavam-na despenhadeiro abaixo, desperdiçando suas penas. A manhã estava passando rápido, o sol já era bem mais alto do que seu local de trabalho e ele perdeu muito tempo contemplando o vale, decifrando uma esfinge que tem como único dom seduzir — o desejo pela resposta é apenas seu maior atrativo, não a recompensa. Pedro teve fome, e ainda não trazia um único ovo dentro da sacola. No caminho, tomou um gole da água que partia dali e abasteceria os outros lugares. Seria reinventada por eles. Por exemplo: uma enorme roda dentada girava com as águas, na vila onde o rio já possuía forma. Não sabia pra quê servia a roda, e sentia-se meio burro com isso. Não bastava para Pedro identificar o guizo de uma serpente que se aproxima. O simples reconhecimento de um ninho de gaviões, na paisagem vasta, também não o satisfazia. A caça era orgânica, mas não era a mesma coisa para os homens, talvez para os animais. Um gavião, ao menos, nunca deixaria de ser um gavião. Pedro chegava próximo à aleia com esperança de não encontrar nenhum conhecido. Não aguentava escutar histórias vitoriosas, ouvir de cada um o quanto reis eles são. Melhor mastigar sozinho a sua angústia, sem alarde. Os únicos que dividiam esse desencanto eram o avô — o louco — agora enterrado em frente a uma cascata no topo da montanha, e o Júnior, caçador que, apesar das amarras que o tempo, ou a falta dele, impõem, ainda continuou seu amigo. Não o amava como na infância, quando os amigos traem sim, mas pouco — têm tempo para exercitar a amizade. Ressoava em seus passos aquilo que o avô dizia, vendo a geada na superfície de um lago, "Desconfia de planos e superfícies".

Podia ser também que um dos ladrões da sombra aparecesse. Quem não se encontra à noite, na praça, para ouvir as notícias, não sabe que esses ladrões escondem-se no escuro da mata fechada para surpreender até mesmo os caçadores. Comemorou-se muito quando um dos gatunos foi encontrado morto por uma picada de naja. O indivíduo não era de nenhum dos lugares conhecidos. Os ladrões são ruins, querem as mesmas coisas que os da vila, mas à custa de roubo. Era isso o que deles se falava. Qualquer coisa poderia surgir naquelas trilhas. Os gaviões, porém, em que Pedro concentra sua experiência, são cada vez mais obra de um acaso triste, que torna escasso o que gostamos.

Passou por outro caçador que começava seu turno. Olhava para a arma dele, rifle brilhoso graças ao sol, com sua história construída a sangue. Usar uma arma de fogo tornaria as coisas mais fáceis, pensava nisso, enquanto afligia-se com o sucesso do outro concorrente, que, em pouquíssimo tempo, carregava uma sacola pesada de ovos.

Resolveu apertar o passo. Quis voltar ao alto e dar a última olhada nos lugares — a vida só fazia sentido ali. Era importante saber tudo sobre eles, embora nesses lugares ninguém soubesse nada sobre Pedro. Sentaria ali, a observar suas formas, suas cores, seus fluxos. As obras. Queria um dia conhecê-las, junto com os homens que as fizeram. Mas com o que possuía não sairia tão cedo de onde estava. Ele apenas exercitava o olhar, sem motivo definido, como alguém que lustra cachimbos sem fumá-los.

Os outros caçadores não entendiam o que ele fazia ali, num turno que não era o seu. Pedro concentrava-se na paisagem, evitando ver gaviões caindo mortos. Sabia que ali apenas cruzaria com caçadores, um título que ele próprio carregaria para sempre. Nenhuma menina da vila chegaria até ele, nenhuma criança podia subir a montanha, embora elas desrespeitassem as ordens para brincar de esconde-esconde. Cão nenhum faria companhia. Os cães tornaram-se um produto caro na cidade, passaram por um severo controle de castração, que deu fim a todos. Pedro via os lugares espalhados por um vale que se tornava cada vez menor. Nenhuma lição nessa paisagem. Ainda assim, desprovida de ensinamentos, a mudança constante, a novidade diária das cidades no vale, atraía a todos. Pedro sabia que não podia olhar muito tempo para aquilo tudo.

Desceu, perturbado por ter que encarar as pessoas da sua vila. Ele, um fracassado incapaz de capturar um ovo de gavião. Outras pessoas também se sentiam frustradas, mas esse dado nunca constou em qualquer roda de notícia ou pesquisa local.

Pedro venceu a última trilha e passou a cerca para entrar nos domínios da vila. O fim de tarde chegava, imperceptível. Senhoras reunidas na frente de uma casa. A bola murcha definia o ritmo do jogo entre a meninada, que jogava sem goleiro e sem o traçado do gol. Adolescentes cochichavam uma traição que jamais saberemos. Outros voltavam para casa apressados. E felizes.

SE EU CONDUZI O VELHO ANIMAL À MORTE

Você sabe que ele já estava velho e incômodo.

E eu que já carregava essa espécie de touro nos ombros, os cascos arrastando em plena areia, aquele peso e ansiedade sobre o cotidiano e sobre o mundo.

Vontade de todos nós de dar fim àquilo tudo. Aquelas páginas dele preenchidas com tudo o que de pior fode a nossa vida. A gente sempre estampado em nossas misérias na página de capa dele, com nossas paredes repletas de jornais velhos e sem qualquer chance de seguir suportando a situação. Mas, pelo contrário, às vezes até o agradecíamos, na súplica de um afago!

Nós, que ficamos anos com aquela pelagem cobrindo o espaço da sala, tomando o conforto dos sofás e comprimindo nossos navios, nossos mastros e velas. Cachalote espaçoso, rinoceronte quase extinto, no fundo nós o queríamos bem longe, mas o aceitávamos em nossas telas e também nos livros das crianças.

Você sabe disso, não sei por que me repreende. Se eu sacrifiquei esse bicho sem nome, de tantos nomes? Com um tiro seco, encoberto pelo som das ondas e do vento que não parava? Agora você me vem com a cadência da cobrança. Da expectativa e da avaliação – moral – se eu de fato tive alguma forma de coragem. Não espere muito de um covarde no meio da vida, com algumas fichas ainda nos bolsos, mas já sabendo de plena consciência da própria morte.

Carreguei o bicho, o peso real menor que o peso de décadas nas costas. O bicho tinha uma história, pediu respeito por ela. Eu sabia da sua fragilidade e de que havia chegado o momento de assassiná-lo, dar cabo dele e enfim recomeçar a vida. Mas ele se humilhou, pediu clemência, ciente também de nossa síndrome de dependência. Recomeçar a vida e acabar com aquele velhaco que nos ferrava e deixava nossos cobertores sempre mais curtos? Os pés gelados na noite de sonho quase nenhum. Eu sei bem da expectativa que foi depositada em mim, eu sei bem o que você esperava, o que nós, o que eu.

Tive a chance, talvez feito um frigorífico, com a faca afiada de ferrugem para fincá-la na nuca do bovino.

Eu tive a chance de finalmente levar o velho animal à morte. Eu tive a chance. Eu tive a chance.

Eu viajava de carona numa estrada rural na caminhonete do lado de um casal que desceria no mesmo trecho da estrada que eu. Os dois sentavam-se cada qual de um lado da caçamba e, mesmo aos trancos e sacolejos, em meio à poeira especialmente grossa, eles não paravam de trocar olhares nas duras horas de caminho. Eram olhares com um quê de cúmplices, mas também infantis e, por que não, ousados para essas pradarias onde a reserva e o pudor são a regra. Difícil compor a cena, até porque eu os chamei de infantis, mas devo informar que cada um trazia dois filhos no colo, e a menina, ou melhor, a mãe, não parecia ter mais de 16 anos.

Depois descobri que na comunidade de Carmen o amor é lúdico, um jogo entre dois. Quando os homens estão apaixonados eles vão até a nascente do rio, acima de onde a sua amada lava a roupa e se banha. Daí eles lançam correnteza abaixo uma caixa com um caracol dentro, como que avisando: "Fique atenta, porque há alguém no povoado interessado em você." Cabe à mulher descobrir quem é o comandante da pequena nau e, depois, fazer a mesma coisa, como resposta.

Me explicaram que o costume não é algo rígido e é possível declarar-se a alguém de outros jeitos. Esse seria apenas um dos muitos jogos de amor em Carmen. Tanto melhor, porque, na dureza de qualquer caminho, poucas vezes a correnteza, o vento e o acaso capricham tanto a ponto de levar a caixa e o caracol direto ao seu destino.

CASO OS TIGRES NÃO ME RECONHEÇAM

Volto pra floresta de onde não devia ter saído. Agora voltei a pé, assim como deve ser, depois de andar alguns quilômetros pela rodovia. Tirei a camisa no meio do caminho, pra tomar um pouco de sol na minha carcaça branca, quem sabe assim os tigres não fiquem chocados em me ver. A pele deles oscila entre o alaranjado e o amarelo. Acho que meus olhos nunca vão captar o tom exato. A metrópole ficou pra trás e me aproximo de alguns casebres, onde as pessoas olham com desconfiança. Alguns moradores mostram pavor. Estou indo direto pra dentro do mato fechado, na rede de escuridão estendida pelas árvores. Dos tigres, as pessoas desses arredores conhecem apenas o vulto noturno. Apenas o fedor e os gritos de gozo e de fúria. Muitos por ali juram que já viram os tigres. E acompanham reportagens na TV falando que tudo não passa de uma grande piada. Os tigres. E ainda dizem que eles estão condenados à extinção nalgum lugar longe do Ocidente.

Numa época – hoje já faz certo tempo – vivi uns sete meses, eu acho, ao lado dos tigres. Foi o suficiente para saber da sua inconstância, de quem vive como se não houvesse lugar nenhum para ser e estar. Um desterritório, daria pra dizer. Os tigres se esgueiram entre as árvores, tentam resgatar o vento com seus próprios corpos. No fim da tarde, viram de barriga pra cima e urram até eliminar todo o pus deixado pelas suas paixões mais violentas. Vez por outra as feras aterrorizam as cores falsas da cidade. Os tigres. Oscilam entre o mito e o estereótipo, entre a fantasia e o clichê – e adoram isso. A única coisa que deixam pros outros é uma aflição igual a quando vemos a liberdade deste quadrúpede perfeito e não sabemos como nos livrar do engulho na garganta. Da opressão no peito. Dos dentes cerrados. Do balanço no corpo que essa liberdade nos produz.

Depois de ter conhecido os tigres, eu havia retornado pra cidade. Na época, já não trazia tantas toxinas no corpo. Meus pelos cresciam grandes, dourados, morenos. Dei a desculpa esfarrapada de que a água bateu nas canelas e eu precisava arrumar emprego. Quando vi estava de novo encaixado numa mesa de escritório. Essa foi a minha justificativa, mas no fundo sei que não foi bem isso. Devo admitir que nasci nos compartimentos da cidade, aprendi com honra e louvor a lição de nunca deixá-los. Até defendê-los mesmo sem saber. Os tigres pressentiam que um dia eu voltaria pra jaula. Agora, passados alguns anos, estou novamente entre as árvores da floresta. Não é preciso ir muito longe, os tigres não se afastam tanto assim. Caminham na fronteira da sociedade, dentro, fora. Estão perto, se afastam. Eles vão jogando com o espaço que os homens ainda deixam intocado. Mas não dá pra esquecer: às vezes, sem que ninguém saiba, podem estar no subterrâneo de um prédio, prontos pra surrupiar nacos de carne fresca. Logo no início da caminhada perdi as referências e a direção do lugar por onde entrei. E esta é a primeira exigência pra encontrá-los. As árvores estão cheias de marcas de garras no seu lenho. Os felinos também costumam perder seus dentes cravados na madeira. Neste instante, sei que estão perto de mim. Um rufar imperceptível, ainda não estudado ou captado por instrumentos, ecoa pelo chão. Tenho uma vaga lembrança deste lugar. O excesso de informações de onde vim não me deixa retomar aquela velocidade, aquele sentido que eu adquiri ao lado dos tigres. Não consigo sequer uma descarga de emoções – minha razão cínica não permite – expurgando toda essa ciranda de demônios que me fragmenta. Ao reencontrar os tigres talvez fique constrangido e não saiba como rir das suas piadas. Não vivi, fui homem-medíocre por toda a vida, como posso fingir que não tenho nome, ou recusar a identidade estampada na ponta dos meus dedos? Pior: e ainda ter vontade de rir verdadeiramente de mim mesmo? Como eles vão acreditar que finalmente deixei de lamber o trabalho e todo o resto que me esmaga o espírito? Outrora, chegava a varar um riacho

saltando. Mas perdi o jeito.
Escurece e os felinos não fazem contato. A essa altura não dá mais pra voltar, vou me encostar numa árvore. Talvez os tigres apareçam dançando com seus corpos esguios e me convidem a tomar parte nos seus bacanais. Terei então uma chance e alguns anos de sobra pra viver na brutalidade desses seres, sem qualquer refinamento. Ou talvez eles não me reconheçam – a metrópole alterou meu cheiro –, e prefiram devorar mais um invasor que coloca em risco o seu estar no mundo.

INÉDITA LEMBRANÇA – trecho de filme

...nos dias quando fazia sol, a sociedade e o mundo já se haviam acabado, era seu hábito escolher, no jogo de dados, um dos pontos da cidade abandonada que lhe despertasse alguma forma de recordação. Bastava traçar um mapa, eliminar os pontos já lembrados anteriormente, já imersos e submersos, marcar a caneta os pontos novos, e partir em busca de novos passados e velhas vivências. Pesadas, maciças, recuperáveis a certo preço. Podia ser alguma casa onde viveu, alguma várzea onde brincou com a filha, algum vazio de mesa e cadeira onde o amor. Escolhia as tardes sem nuvens, normalmente nos invernos. Já se haviam passado vários deles. Perdera a conta. Ele, na condição de um dos últimos remanescentes, encontrava essa maneira de estabelecer alguma conexão com os fatos, em um planeta que já não vivia mais de fatos. Havia anos ele se revezava entre os dias quando ficava escondido na sua toca contra qualquer possível inimigo e também contra a umidade do ar. E o restante das horas era dedicado a buscar referências afetivas. O que podia ser tedioso tornava-se excitante, um estranho empirismo, buscado ao inverso, essa procura em voo cego por pedaços de mundo que ele já nem lembrava de que se lembrava. E assim sua vida não parecia sem perspectiva e o caminho o projetava para seguir traçando o mapa. Dia a dia, novos lugares vividos saltavam aos olhos, o forçavam a deter-se em frente. E ele aguardava ansioso pela inédita lembrança..

JULIA

Agora Julia não tem mais problemas pra viver o tédio do deserto cercado de sal onde está cravada a cidade de Uyuni, na Bolívia.
Quando alguém sente sua falta, sabe onde achá-la: a menina fica das seis da tarde até de madrugada na única casa de internet da cidade, na única rua urbanizada, centro do vilarejo.
Conversando no messenger, sem querer a jovem descobriu que o castelhano a leva mais longe que o quíchua ensinado pelos pais. Às vezes Julia fecha mais cedo a barraca do mercado onde trabalha sozinha, só pra entrar no chat. Não sente a mínima falta das moscas se aglomerando sobre as frutas que Julia tem de vender.
Mas Julia também não imagina que agora está perdendo, na única e velha praça de Uyuni, o cheiro da pele dos meninos que ainda se juntam por ali.

Eu e minha filha não sabíamos mesmo que os peixes ficavam velhos. Descobrimos juntos esse fato estranho da biologia. Pra mim os peixes morriam nalgum lugar do oceano e eram trazidos à beira da praia, entre as ondas e espumas, servidos às gaivotas e urubus.
Ou caíam nas redes dos pescadores, mais tarde na bancada do mercado, ajustados ao gelo, e talvez ali ainda conseguissem respirar mais um tanto e dar um último bocejo. Ou podiam até ter nascido e se criado no prato do jantar. Era o que eu imaginava ainda criança, quando um nome do peso de "cação" me despertava uma série de imagens pra muito além daquelas postas macias de carne cortadas no prato.
Peixonauta é o nome do nosso beta. Ele é um dos poucos espécimes do reino animal que se adaptaria à rotina de ausências, de horas quebradas, viagens e dias fora. É independente, não cobra atenção nenhuma, nem é dado a grandes carências. Tenaz, aguenta a fome com a abnegação de um guerrilheiro. Artista de espaços públicos, quando nos aproximamos do aquário ele ensaia seus rodopios, parado no centro do aquário, tipo um bailarino levado à órbita da lua, usando a sua cauda como vestimenta pra alguma dança desconhecida.
Betas são dados à solidão. Fazem uma luta de morte se colocados ao lado de outro da mesma espécie. São vorazes se estão com fome. Condicionado, logo de manhã Peixonauta já espreita os movimentos de minha sombra na cozinha.
Ele não morreu no inverno, porque estávamos precavidos depois da experiência frustrada com outro beta. Porém agora "Peixo" aos poucos perdia força e a capacidade de equilibrar-se na água com as nadadeiras. Parecia um daqueles personagens de desenho animado

com uma bigorna amarrada nos pés – ou nas guelras. Uma situação estranha, que demoramos a perceber. Ele simplesmente não se sustentava mais. Passou a cavar com a longa cauda uma espécie de buraco no fundo do aquário e se estendia ali – velho cão aposentado. Imobilizado, respondia às bolotas de ração transgênica com enorme esforço. Tomava um impulso e disparava, foguete lançado do fundo do aquário até a superfície onde as bolotas flutuavam. Ofegante, às vezes ele não vencia o trajeto e voltava despencando, como se a água perdesse a densidade e Peixo estivesse condenado ao chão assim como nós. Ele parecia esgotado e sempre voltava à sua toca improvisada.

Essa situação foi literalmente se arrastando. Cheguei a perguntar à filha se não era o caso de retirar a água do aquário aos poucos e encerrar de vez aquele estranho sofrimento. Mas ela não aceitou. E ficou um pouco chateada comigo desde a minha proposta – empatia que, cada um ao seu modo, desenvolveu com esse ser que custa menos de dez reais.

Ao menos na minha cabeça fiquei tranquilo ao lembrar que Peixonauta não suportaria minha próxima viagem e os quatro dias fora. Me preparei pra cena de regresso, quando imaginei ele finalmente boiando sem esforço na terceira margem do aquário, de barriga pra cima.

Minha filha mantinha naqueles dias um olharzinho melancólico. Eu me perguntava se tudo aquilo era por causa da situação do beta. Ontem, a mãe dela me ligou, querendo saber se a pequena havia falado algo nesses dias sobre um homem que se suicidara no seu conjunto residencial.

– Ela me falou por cima, respondi.

– Mas disse que ela viu?

– Não, disse que uma amiga contou. Achei estranho.

– É que na verdade o vizinho se matou amarrado na janela. O IML demorou para chegar. O porteiro falou que ela e as crianças acabaram vendo do pátio o corpo pendurado.

– Ela não me disse nada disso.

Dias depois, no regresso da viagem, quando acendi a luz, o aquário encoberto pelo musgo e a água toda borrada de verde, preferi tirar as coisas da mochila antes de dar a última mirada em Peixonauta.

A casa estava silenciosa e o aquário na mesma sintonia. Mas, pendurado numa das suas árvores de plástico, como costumava fazer, ele balançou o corpo e uma das barbatanas, ansioso pela comida. Parecia saído de uma hibernação. Ainda não era daquela vez. Havia uma fagulha elétrica de vida no seu corpo e nos seus olhos de peixe. Dias depois, concluímos que Peixonauta não iria morrer tão cedo. Era um forte, samurai de muitas vidas.

Ela também ficou feliz e me abraçou ao chegar à casa e ver ainda o beta em alguns frágeis ensaios com a cauda gigantesca e colorida. Chegamos a planejar que podíamos colocar a coleção de conchas dentro do aquário quando ele ficasse vazio, mas o fato é que seguimos naturalmente cuidando e deixando as paredes de vidro limpas e bem transparentes.

E também não comentamos mais, nem por cima, o caso daquele homem da janela de vidro.

Narrador, ele senta à beira da cama da filha.
A luz rosada do abajur pede a próxima história. A tarefa de hoje não seria fácil. Ele precisava explicar por que Ulisses partiria pra mais uma viagem, quando já havia se acostumado com aquele porto tranquilo, depois de já ter enfrentado o suficiente sereias, circes, ciclopes.
– Mais uma vez o Ulisses vai mudar de casa? a menina perguntou.
– Sim. Ele vai pra mais uma ilha, em busca de aventuras. É nesse barco que nós vamos.
– E o Ulisses vai como? No frete do avô?
– Isso! Ou, mais ou menos. Ele segue no seu navio. Mas na próxima ilha ele vai morar perto de alguns amigos.
– O Ulisses não para nunca de viajar?
Era a quinta mudança deles em cinco anos. Àquela altura, exausto da guerra, assim mesmo, Ulisses ainda teria uns cinco anos pela frente até chegar a Ítaca.
– Vai ter um cachorro lá na casa, pai?
As preocupações da próxima partida de Ulisses eram o chuveiro, o encanamento, o cheiro ruim do novo banheiro. Principalmente, a instalação dos armários e a chance de novas goteiras. Embora Ulisses deixasse sua ilha em pleno inverno seco.
– Vamos conseguir um cão, sim, filhota.
Alguma esperança de que Ulisses dessa vez não se preocupasse apenas com os assuntos do oceano e da vela. Mas também não havia como. Na mesma semana, assistiu a tantos náufragos chegando a praias europeias, depois de viverem bombardeios do Ocidente sem razão contra seus países de origem. Ulisses não conseguia se

preocupar apenas com a própria viagem. Ulisses não estava sozinho no mar.

A diferença do Ulisses, ou Ulysses, dessa narrativa é que talvez dessa vez não haveria Penélope a costurar a espera de cada manhã. Ele vagava sem muito destino, sem se preocupar com a chegada. Daqui a pouco, mais cinco anos de mudanças, ele alcançaria os quarenta e não sabia ainda ao certo onde Ítaca, Telêmaco, Argos e Penélope residiam. Sua viagem tampouco se resumia à travessia de uma única noite.

– Pai, e a casa vai ter algum ciclope?

Seria o grande desafio. Mas nosso herói ainda não conseguia enfim trapacear e abolir o próprio nome, agarrado à barriga de uma ovelha de brinquedo.

Tudo era narrado à filha de memória mesmo, inventando mais coisas, misturando com outras histórias. Inclusive, Ulisses numa das ilhas encontrou um objeto tão pequeno, uma bolinha de gude, onde cabiam todos os outros objetos e todas as outras histórias do mundo, misturando a Odisseia com o Aleph de Borges.

Ulisses era inventor da própria Odisseia. E ao final inventava a própria vida dele, mas não era cabível pensar que se pudesse comparar ao argonauta mais um frete contratado para carregar os móveis por dois quilômetros num bairro de Curitiba chamado Fazendinha. Ulisses agora se voltava às viagens curtas.

A filha também se animava com o novo, com a lagartixa camuflada na sala ainda vazia, estranha ao frio todo de Curitiba.

– A próxima ilha visitada não teria Circe e nem porcos, mas um jabuti pra gente aprender a andar mais devagar.

O gigante jabuti também era útil com sua couraça enorme. A couraça ajudava Ulisses a não contar que no fundo ele, migrante, estava longe ainda de derrotar o aluguel e o monstro do condomínio, os desacertos e as inúmeras separações, o crime e o castigo, os traumas, as delícias e o sangue vividos em Troia. Dos seus inúmeros calcanhares de Aquiles: Ulisses em silêncio.

A viagem estava decidida. Os preparativos, no início, a imobiliária e seus pequenos déspotas, os argonautas avisados previamente do esvaziamento do prédio. Cabeça navegante, ele e a filha, no barco do frete caberiam ainda os seus vários tigres, casas de madeira e bonecas made in China.

– Pra onde vamos, pai?

Pra longe desse eterno mesmo lugar, vamos seguir nessa viagem interminável.

O porão da Casa do Estudante Universitário deixou marcas em quem frequentou aquele ambiente. Na época da ditadura, a saída secreta do lado do poço salvou vários artistas de virarem uma promessa, uma dessas fotografias de um jovem que morre cheio de vida, sem ter voado o bastante. Um ruído pulsava às vezes naquele lugar. É preciso imaginação pra certo tipo de som, que melhor seria um rumor, um rumor agarrado na superfície gasta das paredes, nas telas encarquilhadas e sujas dos artistas, nos objetos inúteis abandonados. Um rumor pesado, preso no ar, como se as situações vividas ali se acumulassem, mantendo-se, porém, no esquecimento. Nem mesmo um olhar atento salvaria aquilo tudo da condenação injusta dos dias. A modelo retratada no quadro do artista quando jovem morreria e o quadro estava contando a vida dela pra ninguém.

A reunião daquele dia foi marcada pro início da noite. Eu cheguei mais cedo pra arrumar as cadeiras e o espaço normalmente bagunçado. Deparei com a porta aberta, o que era estranho porque poucos tinham a chave e só nós usávamos o porão naquele horário, noite congelante de domingo. Éramos um grupo de discussões, que colocava em pauta economia, política, passando pelos grandes escritores, sua visão de mundo. Seu tempo. Éramos jovens. Acreditávamos com fervor na arte como instrumento de revolução, como remédio pros tormentos do ser humano, o individualismo e a ganância capitalista. Não éramos anarcos ou iconoclastas, éramos jovens apaixonados pelos grandes nomes. Não éramos anarquistas, precisávamos de mestres. Criamos um grupo na internet, mas valorizávamos a presença, o olhar nos olhos. Um poema de um dos nossos falava que a troca de olhares é um dos momentos mais selvagens da natureza. Ao mesmo tempo, nosso maior medo era estar vivendo, sem perceber, como aqueles caras amarrados na caverna de Platão, fechados em seu próprio universo e bem longe da vida que corria fora da caverna. Se é que fosse possível alcançá-la na sua velocidade.

Deparei com a porta aberta. Com passos mudos, segui o corredor e desci alguns degraus da escada. Fiquei abaixado pra não ser visto encostado na mureta e contemplei a cena. Três meninas e dois piás de mais ou menos uns dezesseis anos encenavam uma peça, com um arsenal de fantasias e máscaras. Não via por ali professor algum, elas faziam do seu jeito e pra si mesmas, sem pensar em qual direção o público estaria. Riam bastante, mas sem quebrar o andamento do enredo.

Era uma história que eu peguei pelo meio. Um rei gigante, acreditando deitar-se num lençol, dormia sobre um rio que o carregava correnteza abaixo. Acordando, ele nem se dava conta que estava noutra cidade. Achava que as pessoas ao redor fossem passageiros no seu vaivém diário. E que festa de cores as atrizes faziam interpretando pavões e tucanos, macacos e outros bichos que contracenavam com o gigante do rio. Pavões, tucanos e macacos, eu não conseguia encontrar a vida dos jovens naquela história. Algum deles teria visto um rio?

Tive vontade de descer e conversar com eles, mas a peça terminou de repente, os figurinos foram guardados no baú, e eu achei melhor esperar meus amigos no pátio. Ainda pude vê-los indo embora, sem as máscaras, apenas os passos que já não eram os mesmos passos desprendidos de meninos. Vestiam sobretudo, botas longas, e eu suspeitei que usavam também um toque de maquiagem. Vestiam sobretudo, o que lhes dava um ar mais sombreado ainda.

A reunião começou na hora combinada. Em meio às palavras, fiquei relembrando o que se passou ali no porão, e me perguntava por que o enredo montado pelas meninas não teve um final. Desde pequenos somos ensinados a pensar a vida nesse modelo, não apenas do final feliz, mas a necessidade de que as coisas precisam ser resolvidas e concluídas e portar alguma epifania no final ao personagem.

Quando voltava pra discussão, já estava perdendo, e cada vez mais, o fio da meada.

O grupo também fazia oficinas de poesia, pra que escrevêssemos juntos. Oficinas de sensibilização, Stella chamava, pra que o grupo não parecesse mais uma empresa com funcionários competindo, e um abraço não fosse apenas uma recomendação pra nos tornar mais produtivos. Cada integrante tinha que desenvolver dinâmicas e orientar uma oficina. Numa delas, tivemos que lavar o rosto do outro e deixar que ele lavasse o nosso. Era como se sentíssemos a máscara que temos grudada na pele. Noutra vez, a partir de uma canção da infância, era preciso mergulhar fundo nas lembranças, enquanto as mãos de todos acariciavam o nosso corpo.

Os debates envolviam vários assuntos, misturando bons raciocínios com delírios pessoais. Éramos jovens, e os fatos fugidios, parecendo que seríamos toda a vida sementes tentando romper os invólucros que nos espremiam.

Quando nos despedimos, tragados pelo fim de semana que não nos trazia descanso, apenas mais e mais dúvidas e inquietação, nada de programas de TV ou bebedeira no parque Barigui, nada da sensação de liberdade de quem está preso e nem desconfia, cavalo mastigando a grama rala. Não conseguíamos ser felizes ou hedonistas simplesmente. Sentar no muro de alguma casa e fazer o inventário das transas vividas ou não; ou folhear a mais nova divulgação da empresa de maquiagens Avon. Nada disso fornecia um sentido.

Já final de noite, tragados pelo fim de semana, cada um tomou o seu rumo, na pressa de não perder o ônibus. Contornando o Passeio Público, achei que estava sozinho, quando diminuí o passo e não acreditei no que via à minha frente. Uma caminhonete parou um pouco antes do sinaleiro. Dois caras, que usavam chapéu e escutavam música sertaneja num volume pra cidade inteira ouvir, riam muito e chamaram duas das meninas da peça pra dentro. Achei que elas não fossem obedecer, mas obedeceram. A última coisa que vi, instigado pelo dom que os olhos têm pra sofrer, foi a mão de um deles roçando o seio pequenino, arrancando pra fora do vestido aquele peixe esquálido e sem substância. Algo dentro de mim despencou como uma casca de árvore. Não consegui achá-los uns cretinos, porque eu também tinha olhado por alguns instantes as meninas se trocando no porão. Na esquina, o motorista me viu passar e me xingou. "Daê, seu filha da puta!", e riram, deram a curva cantando pneu, e riram. Passei pelos outros dois meninos do porão, sentados no banco do parque. Elogiaram a bunda que eu nem tenho, com um vocabulário que eu nem sabia que eles tinham. Atravessei a rua devagar, sentia nas costas as rédeas soltas com que a madrugada nos envolve.

Atravessei a rua devagar, sem ideia do que fazer ou que final dar praquela história do porão.

II
MOVIMENTO

DIANTE DE BÚFALOS

Ele por alguma razão pensava em um deus. No deus que, ele imaginava, deveria ser o Deus de todos. Enquanto isso enxergava búfalos bem à sua frente, na paisagem mansa da serra e das nuvens, da estrada pedregosa, encharcada, estreita.

Não havia cercas. Ou algumas poucas. Os búfalos experimentavam o comando daquelas paisagens, na planície da última grande faixa de Mata Atlântica do país.

A maior parte da manada repousava debaixo de uma figueira. Apenas três búfalos mascavam o pasto à beira da estrada. E exatamente todos miravam quando ele surgiu no horizonte.

Atentos a cada gesto dele, os búfalos não pareciam ter a distração comum às vacas e bois. Ao lado dos plantios de arroz verdes e amarelos e das áreas inacessíveis de floresta, os búfalos pareciam um personagem deslocado naquele cenário de latifúndio.

A mochila era carregada ao peso de uma cruz. O caminhoneiro avisou a ele que a caminhada até a comunidade levaria meia hora. Isso só no fim da carona. A travessia de dois rios não havia sido inserida na advertência, o tamanho da solidão que viria carregada na água gélida do rio, limpa e lenta, também não.

Tampouco o vazio das casas. Era como passar em frente ao que era recorrente nos sonhos: casas da infância, casas da juventude, casas vazias com ele por dentro, casas abandonadas, vazias, vazias, vazias, sonho repetido à exaustão e agora bem ali à sua frente. Alguns pássaros agarrados nos poucos pedaços de cercas que surgiam. Chegou a pensar na sua relação estranha e torta com um Deus que ele sem querer já passava a buscar na travessia.

Agora, iria cruzar simplesmente o caminho dos búfalos, que o miravam com olhos fixos, desconfiados, a cabeça desatenta às ervas do pasto. Não podia voltar atrás, depois de dois rios e de ter sido deixado nessa região de plantios de maracujás e caronas magras, de gente sem linha fixa de ônibus.

Não podia recuar.

A estrada era de pedra, terra, água, talvez sal. As casas eram de barro, sem janelas, vento e deserto. Nunca conheceu um búfalo na vida, só nos desenhos animados, associado a alguma estepe africana, a fama de agressividade, frente a frente com um animal gigantesco que, assim como ele, também estava em um ambiente estranho. Como analisar o temperamento de um búfalo?

Mas não teve coragem. A casa abandonada a alguns metros dali serviu de refúgio naquela noite. Ele não podia passar pelos búfalos e nem calculava condições de retornar. Os búfalos seguiam mastigando o capim na base da serra.

Várias vezes ele cogitou retornar, mas desistia da ideia, julgando que, por ora, não valia a pena pelo tempo desperdiçado até aquele lugar. No interior da casa, foi muito bem tratado por uma família local, o que atenuava um pouco a angústia de não ter chegado até a comunidade que era o objetivo inicial do trajeto.

Os dias passavam e a presença das crianças, o cheiro do almoço, o balanço da rede tranquilizava um pouco a presença incômoda dos búfalos que seguiam no raio da sua visão e não se moviam da estrada. Parece até que os animais se revezavam na vigília.

Ele permaneceu ali, oscilando entre momentos quando decidia voltar e outros poucos quando criava coragem de atravessar a trilha dos búfalos. Logo voltava ao ponto onde estacou. Não conseguia criar confiança nos deuses. E sabia que também não confiava naqueles animais, tão de terra.

A chuva castigou o telhado daquela casa por meses, logo depois por anos.

VOCÊ ME HAVIA PROMETIDO UM FIM DE SEMANA SOB O SOL DE JULHO

Você me havia prometido um final de semana sob o sol de julho, com o sal leve no ar de Antonina, misturado com aquela luz pesada e fria do final da manhã.

Você também me prometeu que iríamos cozinhar os peixes comprados no mercado. Bagres com tons amarelados vendidos por aquela moça índia que trabalhava ao lado de um senhor mudo, velho caiçara da região.

A tarde poderia ser gasta vagabundeando no trapiche, ou até mesmo emprestando do tal do André – que você fala tanto – os caiaques que ele aluga pros turistas.

E a gente ia se perder na baía e repousar os barcos naquelas pedras no meio do mar, de onde é possível ver o porto do outro lado. E o mundo dando aquela falsa impressão de não ter limite algum. E a impressão mais falsa ainda de não ter fúria nenhuma.

Tudo isso de acordo com a sua narrativa.

Você me prometeu tudo isso quando me visitou. Era um sábado também de sol e o pedaço de céu que a gente via, no buraco entre o telhado e a janela, motivou a promessa. Eu imaginei que o céu de Antonina pudesse ser azul daquele jeito, e até bem mais, e a gente supôs que pudesse em pouco tempo conferir esta hipótese.

Naquele sábado também a gente achou que faltasse pouco, mas eu entendo a sua promessa de que no próximo final de semana já estaríamos esparramados pelas ladeiras do litoral, pelas esquinas onde a gente tomaria cerveja sem qualquer noção de limite, embalados pelo teclado emitindo sucessos sertanejos, naquela madrugada arrastada como um bailado, quando a gente iria rir, e abraçar e respeitar até mesmo o mais digno filho de uma puta.

Eu estava quase dando adeus àquela situação, e embarcar na baía coincidia com uma nova fase. Um homem na estrada recomeça sua vida, experimentando as velhas novas coisas. Mesmo que o novo fosse a decadência de uma arquitetura colonial.

Tudo isso você me prometeu e eu fiz o exercício: caí na armadilha de novamente não domar minha expectativa. E me permiti sonhar.

Tudo isso você me prometeu. Mas acontece que eu continuo aqui esperando a convocatória do júri, que nunca acontece, enviando cartas que não sei se chegam e recebendo outras aqui na cela com o carimbo prévio da censura.

Algum juiz desconhecido decidiu adiar uma vez mais o júri. Já são cinco anos e eu ainda sequer fui condenado. Por isso teimo em ficar pensando naquele sol de Antonina no feriado que você me prometeu.

RAINHA

Eu me despedi dela perto da fronteira entre Guatemala e México. Cada um posicionou-se de um lado da estrada, às cinco da manhã. Silvia, rumo ao norte, voltaria à comunidade em Chiapas onde trabalhamos juntos. Eu rumaria pro sul, com o dever inútil de um retorno forçado ao Brasil. A rodovia Panamericana se anunciava gigantesca. E o meu país na distância lenta de um sonho maldito.

Não foi possível sequer um último aceno. A luz do único poste na estrada queimou e o ônibus dela veio primeiro. Logo segui por uma viagem de quarenta horas, inúmeras paradas, duas fronteiras, e narrativas de desventuras de ex-guerrilheiros numa América Central marcada por guerras. Era apenas o começo.

O motorista colocou o DVD da trilogia completa do Rambo, enquanto os olhos se perdiam pela paisagem devastada pelo furacão Stán. Era forte a recordação de meses pisando no barro da educação popular em comunidades perdidas na esquina entre montanhas.

Depois eu soube que ela morreu.

Foi bem depois, anos depois mesmo, o que, além da dor, me gerou um incômodo sobre por que não tínhamos tentado um melhor contato. Ela morreu em algum ponto da Islândia, numa imagem que eu simplesmente não podia ordenar. Eu havia voltado para o meu riacho de origem. Ela, de maneira que não sei entender, escolheu uma aventura de sobrevivência no lado gélido do oceano. A mensagem enviada pra mim repetia o mesmo tom do único email que trocamos ao longo desses sete anos, só que dessa vez enviada por uma amiga dela:

– (...) Silvia fez questão de dizer que você precisa voltar àquele mercado de San Cristobal de las Casas (...).

"San Cris", como apelidamos, no sudeste mexicano, era a cidade principal perto das comunidades onde nos conhecemos. Eu já havia me abalado a primeira vez que recebi a mensagem referindo-se ao mercado onde tomávamos cafés todas as manhãs, comprávamos ovos e cogumelos, entre senhoras erguendo galos de ponta-cabeça, típicas de uma pintura de Diego Rivera. O que teria ficado por lá além da amizade com algumas vendedoras, eu não sabia bem. Ela era dada a mensagens cifradas, brincadeiras, então na minha distração habitual não busquei ir a fundo. Com o visto finalmente liberado para brasileiros, resolvi então imediatamente voltar e refazer aqueles caminhos velhos em solo maia.

Assim que pisei em San Cristobal, esmagado outra vez pela força daquelas montanhas, ainda hesitei em passar pelo mercado indígena, que seria o caminho natural para quem descia na rodoviária. Trêmulo, contornei a entrada e busquei respirar um pouco num bazar desses que vende café orgânico das montanhas. Sentei pra folhear o La Jornada tentando me atualizar sobre a política mexicana.

Minha mão tremia. Meus olhos passaram por umas poucas notícias. Mas foi nas páginas do periódico que eu entendi tudo. Numa coluna chamada Perfil, o repórter exercitava seu talento literário mediano contando a história de Rainha. Segundo ele, a pobre e triste majestade sem trono. Segundo ele, mais uma criança indígena abandonada na cidade. Seu apelido era Rainha, devido à coroa de papel brilhante que usava na cabeça.

Ali, no mercado bem na minha frente, há muito tempo aquela jovem de sete anos percorre labirintos, recitando poemas e canções, agarrada a uma velha manta indígena tzotzil, em troca de alguns pesos mexicanos que dão pra uma refeição por dia. O cronista também falava de outra curiosidade, que era a inexplicável canção em português com a qual Rainha arrancava lágrimas dos turistas europeus, no auge de suas graciosas apresentações.

Era a mesma canção do Chico que eu cantava pra mãe dela.

OS TROPEIROS DA CIDADE INDUSTRIAL

a)

Claudia não imaginava que em Curitiba podia haver aquele parque distante onde o ritmo era ditado pela tropa de cavalos.

O clima imprevisível. Mas naquele exato momento, tarde de domingo, fazia um sol respeitável.

Não é o mesmo sol que faz hoje, quando começo a contar uma história, na condição de Guarda Municipal acionado pra resolver o desastre daquele domingo.

Distraidamente, o dono do animal largou o laço nas mãos da Claudia e logo foi preparar outro pônei pra um casal com filho pequeno. Eles ansiosos querendo fotografar o recém-nascido e logo postar a imagem na rede social.

Alguns moleques descalços da vila Esperança se arriscavam sozinhos a chicotear o lombo do animal, contando com a sorte e com a maturidade que os próprios cavalos ganhavam no trabalho daquelas tardes. Estavam habituados a lidar com amadores, naquela arena redonda, caótica, apertada. Que eu na real nem sei se aquele caos todo acontece dentro dos princípios da lei. Mas acompanhava à distância tudo aquilo.

Parque dos Tropeiros. Região do Sabará, perto da Cidade Industrial de Curitiba. Por quatro reais era possível dar um passeio a cavalo. Eu temo qualquer animal, então prefiro não chegar nem perto.

Faltavam calos nas mãos de Claudia, mas ela insistiu pra Roger também subir em um cavalo branco e acompanhá-la. O romantismo da imagem seria lindo e valeria a pena. Roger hesitou, mas no final das contas subiu e quando percebeu já sentia uma sensação única de medo. Na cabeça dele passaram todos os artistas famosos que se acidentaram.

– Lembra do que aconteceu com o ator do super-homem?

A mim, o que mais me dava pena quando passava de viatura na frente do parque era o suor no corpo do bicho, que ainda precisava morder aquele pedaço duro de ferro.

Naquela tarde de sol, pois bem. O cavalo controlava o passeio, Roger e Claudia já estavam completamente alheios às decisões do bicho, que não se conformava com a fraca liderança deles.

– "Cavalo é animal de manada, fica rebelde quando não encontra um líder com firmeza", era o que sempre me ensinava o comandante, no meu curso na época do batalhão de choque.

O animal partiu rumo ao alto do parque, em meio ao trânsito de outros cavaleiros, que não se importavam com o pânico silencioso do casal. Tinham vergonha de gritar. Ele bem que tentou puxar a corda, mas logo o medo o impediu de frear com decisão.

No sentido oposto, um moleque do bairro Fazendinha, que sempre aparecia ali com os irmãos, não sabia pra onde correr. E a pisada do animal foi implacável e esmagou a perna do piá, de acordo com a expressão da notícia policial.

b)

Na verdade, é aqui que esta minha história deveria começar. E não naquela tarde ensolarada de domingo. Pelo menos é aqui, na minha casa, debaixo de nuvem e frio, onde esta história ainda permanece e eu a reconto pra mim mesmo quase toda a noite.

O meu relato torto dos fatos podia ter iniciado com o trote com o qual o menino iria conviver ainda por muitos anos, quando a tropa de cavalos volta pra casa, no final da tarde, pegando a estrada do Contorno Sul e cortando pelas ruas do meu bairro. Fim de trabalho, cavalos alugados a quatro reais, dinheiro fácil e era a hora do regresso pra casa ao som dos cascos golpeando o asfalto.

Recolhidos os animais e de volta ao estábulo, a tropa passava sempre na frente da nossa casa. O pai, velho dono dos animais numa charrete, e o restante dos piás levando os cavalos no pelo, na risada e no chute com o pé descalço. Os olhos do meu menino perseguem sempre em silêncio a tropa até o final da avenida, através das grades de casa. Os meus, desviam e buscam a bosta da programação da TV de domingo.

Em dias de semana, às vezes meu filho leva a perna arrastada pra ver a arena dos cavalos vazia.

Às vezes eu vou junto. Às vezes.

E me desfaço um pouquinho daquele papel de mentira que eu inventei pra mim e pros outros. Eu nunca estive em operativo nenhum, mas era apenas um Guarda Municipal fora do horário de serviço naquela tarde de domingo, deixando meus filhos aos cavalos, enquanto me distraía totalmente numa roda de cerveja com os camaradas.

Do casal que atropelou meu piá naquela tarde, nós dois já não nos lembramos bem o desenho dos rostos. Eram de algum bairro rico do centro de Curitiba.

Às vezes a gente, eu e meu filho, ficamos sem se falar muito, sem aproximação por um tempo, para não ter que cruzar essas culpas e rancores.

Ainda faltava o nome de Maria pra minha coluna "Perfil do servidor público", no jornal do sindicato, onde havia pelo menos seis meses contávamos a história de algum funcionário aposentado da prefeitura.

Com mais de 80 anos, era notável a presença diária de Maria no lugar que ela ainda considerava a sua casa. Conversava conosco, na redação, e com todos os funcionários, querendo se inteirar do que estava acontecendo. E, assim, Maria se sentia participando dos rumos do sindicato que já não dirigia mais havia pelo menos uns dez anos.

Ela narrava também, com autoridade, as greves que encabeçou, as outras tantas que ajudou, os processos que levou nas costas, a década de 1980 como o ápice para quem participou das lutas sociais neste país. Expressava preocupação com o que acontecia nas ruas desde junho de 2013, "muito diferente da nossa época". Era uma perspectiva distinta da nossa. Filhos que somos do vazio de lutas sociais, víamos as mobilizações que estavam acontecendo agora como um grande desafio.

Isso tudo ressurgiu quando sentamos frente a frente. Os olhos azuis de ucraniana brilhavam recontando algumas histórias, que nós até já conhecíamos, mas com outras tonalidades a cada velho novo relato. Mas o que mais surpreendeu não foi isso. Na verdade, o que nos desconcertou foi a viagem de regresso que Maria empreendeu rumo à década de 1950, quando tinha talvez vinte e poucos anos, ainda uma nortista desse Paraná imenso, ganhando a estrada na condição de esposa de um trabalhador de corte de madeira, instalados nas áreas da reflorestadora então chamada Giacomet Marodin.

Mesmo na realidade de dona de casa do terreno onde vivia com os filhos pequenos, Maria me contou que não estava contente com as perseguições, com as más condições de trabalho, com a dispersão daqueles cortadores no meio de um "deserto verde e sem fim". Ela resolveu então incentivar a criação de um sindicato. Isso, como eu já disse, muito antes de se tornar servidora pública. Fez as passadas de casa em casa, caminhou léguas a chinelo de dedo, aglutinou o povo, fundou o sindicato que alcançou a mesma abrangência da madeireira, na região central do Paraná. Enfrentaram uma grande paralisação e a espingarda dos jagunços.

Deixei a redação impressionado com a conversa e julgava que tinha material suficiente para um livro, não só para a coluna no jornal do sindicato.

Mas a questão central aconteceu justamente numa curva da memória de Maria, quando ela confundiu, na mesma frase, o ano de 1934 e o de 1954, soltando o lamento de "quando mataram o nosso velho Getúlio". E justamente na época do suicídio de Vargas ela depositou boa parte da sua memória afetiva e parecia fazer mais sentido que houvesse fundado a agremiação ali mesmo. Porém, nos arquivos públicos e num único site, constava apenas a fundação de um sindicato na década de 1930. E não há registro algum do nome de Maria. Até aí é algo compreensível, dada a exclusão das mulheres nas narrativas da História e, também, a condição de Maria não ter sido trabalhadora do corte de madeira, tarefa que coube ao marido que, pouco tempo depois, ainda desapareceria na estrada.

Na minha busca automática pelo rigor jornalístico, tentei conferir a questão com ela, mas já não havia fotos, fatos, jornais ou qualquer coisa que o valha. Todo o material que tínhamos estava depositado na memória de Maria, que inclusive deveria ser uma adolescente nos anos 1930. Então, um debate interminável foi aberto na imprensa do sindicato: como publicar isso com essas provas contrárias? Ou: por que não valorizar a memória de uma pessoa? Ou: qual fato não passa pelo filtro da memória de alguém, algo profundamente afetivo? Não fica valendo aquilo que a pessoa vivenciou e narrou?

Se ela defende a fundação na década de 1950, por que não publicar o seu relato? A história, afinal, não é sempre contada do mesmo modo – chatíssimo – pelos vencedores? E nós, ao contrário, não devíamos contar a História dos que sequer a têm, como disse certa vez Albert Camus?

Muito bem. Nosso editor, mais pragmático, era contrário à referência ao sindicato dos trabalhadores da madeira e às histórias daquele período. Achava que devíamos nos ater aos fatos da década de 1980, quando tínhamos a precisão necessária. De propósito, eu ainda deixei um parágrafo genérico sobre o episódio da greve dos trabalhadores da Araupel, mas já sabendo que o trecho seria suprimido da matéria.

Na semana seguinte, com o jornal já saído do forno e circulando pela cidade, escutei o vozeirão de Maria ecoando dentro do sindicato e imaginei a reclamação que pudesse receber, devido à coluna com a sua história de vida incompleta. Na informalidade e distração de sempre, Maria apenas sentou do meu lado, bateu a mão no meu joelho, e iniciou uma nova narrativa:

– Preciso lhe falar dos assassinatos da região. E de como eu escapei de um deles.

Frente ao meu silêncio, um tanto desconcertado, Maria ainda piscou:

– É pro nosso livro, combinado?

AQUELE HOMEM SUJO EM FRENTE À VITRINE

Quando ele observou José pela primeira vez, imaginou uma história mais longa do que o andarilho de fato carregava nos cabelos brancos, barba volumosa e suja. Claro, ele não chegou a ser mais um fotógrafo atraído pela imagem de pés descalços batendo no chão com certo ritmo e um pouco de impaciência. Ele era fotógrafo profissional e apenas o retrato de um mendigo já não parecia mais vender tanto.

Só que José chamava a atenção, detido em frente à vitrine de uma loja de brinquedos produzidos na China. No mínimo, ele teria garantida a imagem do dia no jornal para o qual trabalhava naquela semana.

José olhava para os brinquedos reluzentes e, no olhar do fotógrafo, surgia o cálculo dos quilômetros de estradas que José, brasileiro, deve ter atravessado, a pó e chuva, também vivenciando sóis de final de tarde inacessíveis a pessoas com qualquer rotina determinada.

A verdade é que o homem que manipulava as lentes idealizou uma sensação de liberdade ao imaginar a vida de José. E isso resultou no texto de introdução à foto inscrita em concursos dos quais participou com aquele perfil de traços únicos.

Por razões que sempre estão fora do alcance, a foto ganhou um concurso e logo as redes sociais. Teve milhares de compartilhamentos e o nome dele, que não era necessariamente um desconhecido na área, ganhou notoriedade.

Jesus, com toda a força que sua mãe resolveu lhe batizar, agora era um fotógrafo cujo trabalho finalmente ganhava repercussão.

O rosto barbudo retratado de lado, contemplando com certo divertimento aqueles brinquedos inacessíveis, foi uma lição de sensibilidade edificante, alertando as pessoas sobre os riscos do consumo e àquilo que de fato é essencial nesta vida.

Os olhos de José, captados pela imagem invertida de Jesus, não pediam pena ou indicavam qualquer drama. José contemplava aqueles joguinhos de cor púrpura, aquelas baboseiras reluzentes de plástico. Mas os prêmios não paravam de chegar, o que forçou o repórter a transformar o trabalho como um ponto de partida para um ensaio maior sobre os andarilhos da cidade. "Migrantes", ele nominou a exposição. Passou alguns dias em trânsito na rodovia no entorno da capital conversando com algumas dessas pessoas que, abandonando tudo, viviam em movimento e no desapego supremo, na lição de Cristo vivida na pele. Camelos que se recusaram a passar no fundo da agulha. O próprio nome de Jesus ajudava no contato e na empatia com os caminhantes.

Ele tornou-se amigo de moradores de ruas e estradas. Alguns então tiveram exposição na mídia e localização inclusive por parte dos familiares. Isso à exceção de José, que nunca mais foi encontrado por Jesus e nem por ninguém. Tantos registros reunidos surgiram na primeira exposição e o que inquietava Jesus era a falta de contato justamente com o andarilho da primeira foto, que desencadeou todo o êxito e os trabalhos seguintes. Ele não sabia sequer se o homem em frente à vitrine chamava-se mesmo José, como havia escrito na legenda do trabalho.

A inquietação de Jesus aumentou mais ainda com uma mensagem nas redes sociais, meses depois, pedindo ao fotógrafo, em determinado dia e hora, um encontro com o "homem sujo da vitrine", no mesmo endereço e loja onde havia feito a imagem. A mensagem de início parecia um vírus, mas não deixava dúvida do que o fotógrafo deveria fazer.

Jesus assim arrumou uma brecha na pauta de tarefas do dia e postou-se na marquise em frente à loja. Cansou de esperar e começou a ver naquilo tudo uma grande idiotice. Estava atrasado, a próxima pauta saltando nas mãos ansiosas, enquanto ele recebia os respingos e molhava as canelas naquela tarde de chuva. Mas um funcionário da loja, hesitante, foi se aproximando do fotógrafo.

– Desculpa.

– Sim.
– O senhor se chama Jesus?
– Sou eu.
– Mesmo?
– Sim, é meu nome.
– Dá licença?
– Claro.
– Um senhor de barba deixou este bilhete aqui na loja. É pro senhor.
– Valeu.
– Dá licença.

Na verdade, era um papel amassado, com letras garrafais e uma pequena mancha de terra. Na mensagem ficou evidente que o fotógrafo não encontraria o fotografado. A mensagem do tal José pedia apenas a Jesus que cumprisse o que a foto realmente estava dizendo no instante quando foi feita. O mensageiro entendia a repercussão da imagem, mas se o fotógrafo pudesse deixar um brinquedo qualquer pago pra ele naquela loja, o andarilho estaria agradecido.

Isso porque naquela tarde do registro fotográfico, uma neta do velho havia nascido e ele queria presenteá-la.

A mensagem ainda terminava com a assinatura de José. Só que escrita com aspas.

O SEGUNDO MENOR CONTO DO MUNDO

à moda de Augusto Monterroso

Ele despertou num azul morno de primavera. Mas o inimigo ainda estava lá

TELEFONE FIXO

Foi bizarro.

Mais uma vez o telefone fixo de casa disparou, com aquele ruído agudo e insuportável. Eu já havia desligado o celular e o despertador, mas não tive outra opção a não ser me levantar e encarar a luz do sol pela janela enorme da sala. Dez da manhã, o céu estava azul, sem nenhuma nuvem, e eu estourei logo que ouvi o nome e o bom dia da operadora do outro lado da linha. A funcionária me perguntava sobre o pagamento da próxima fatura e o porquê do atraso nas contas anteriores. No meio da fala dela, eu interrompi com um "Escuta", já me programando pra lançar um sermão sobre o péssimo sistema de atendimento da operadora, mas não cheguei até esse ponto. Nem me preocupava tanto, na verdade, com esses detalhes. As contas de luz, internet, celular, condomínio, cartão de crédito, aluguel, plano de saúde, já haviam sido abandonadas fazia uns três meses. E eu me resguardava na minha toca, animal acuado, à espreita da possível fera do oficial de justiça e sua comunicação de despejo.

Como ia dizendo, eu nem bem completei o meu falso sermão cotidiano contra a trabalhadora quando, numa inédita intervenção, a operadora estourou e começou a me xingar na linha. Grosso, cretino, mal-humorado, filho de uma puta, uma série infindável de palavrões me fizeram desligar o telefone e correr novamente para debaixo das cobertas, agarrado ao conforto dos meus sintomas de um arrastado início de depressão. Sem chance: não consegui mais dormir.

Minha aula no curso técnico industrial seria apenas à noite, então eu teria a tarde inteira para não fazer nada. Na condição de professor, meu único vínculo atual com este mundo, ao menos já não me preocupava em preparar as aulas e deixava tudo por conta do improviso e do tal saber acumulado. Na aula, ao mencionar com os alunos o tema das doenças do trabalho, equipamentos de segurança e essas coisas, de repente uma aluna relacionou isso com a história de uma amiga, vizinha de bairro, trabalhadora do call center da mesma operadora que a minha, que havia tentado suicídio pela terceira vez naquela mesma manhã. Minha aluna reforçava o fato de que, mesmo com a pressão normal neste tipo de trabalho, a amiga precisava continuar lá, fazendo milhares de ligações por dia, escutando todo o tipo de reação em nome das cobranças, anúncios, tentativa de vendas de pacotes promocionais e todo o tipo de coisa que aparecesse. O mau trato de hoje, sofrido pela manhã, foi mais uma gota de água em mais um copo que já transbordava.

Na hora eu gelei e não deixei a jovem estender muito o assunto. Busquei outro tópico da aula e não abri mais o debate. Estremeci e minha pressão baixa e a falta de açúcar turvaram meus olhos. Não sei como, mas não desmaiei. Como quem se agarra no primeiro toco de madeira sem conseguir, no entanto, se salvar, desandei a falar, vomitando conteúdo, uma enxurrada de conceitos, tentando levar até o final este jogo que não me favorecia. Eu suava frio e voltei para casa com a pior sensação do universo. Apanhei e pedi trégua a mim mesmo no que parecia ser o meu último round. Fiquei remoendo a história da telefonista, buscando as razões possíveis para que, entre milhares de telefones e de atendentes de telemarketing, eu não tivesse conversado e tratado mal justamente a trabalhadora amiga da minha aluna. O telefone seguiu tocando na minha casa e, a cada som estridente e chato, eu ficava mais tenso, me encolhia ainda mais e o mundo ia parecendo um lugar cada vez mais hostil, fora e agora também dentro da minha própria casa, alvejada pela luz de um inverno quente em Curitiba. Eu não tinha coragem de atender aquelas chamadas, ao mesmo tempo em que me remoía com a possibilidade de ter sido responsável por uma tentativa de suicídio.

Precisei de um banho quente e de muitos exercícios de respiração até desenterrar a coragem de dar aula, duas noites depois da revelação da minha aluna. Eu sequer a encarei na hora de fazer a chamada e, nas outras vezes, quando ela falou em sala de aula, animada com o que seria um possível vínculo professor e aluno, eu também fui seco e indiferente. Meu medo era que voltasse a contar a história da amiga dela. Então, retomava a teoria sobre o impacto do assédio moral entre os trabalhadores da comunicação. Mas foi inevitável e, desta vez, ao final da aula, a aluna estava me esperando na hora do intervalo.

– Profe, ela precisa de orientação, não aguenta mais o lance do assédio moral. Eu falei com ela da tua aula e ela se animou. Ela já não sabia mais o que fazer. Eu te mandei uma mensagem no messenger, você não viu?

Atônito, agora as coisas se invertiam, e da culpa de ter feito mal pra ela, agora a amiga da minha aluna precisava de mim. No desafogo, em meio a um corredor repleto de jovens gritando, cumprimentando, tirando sarro, chutando os traseiros uns dos outros, eu agendei o encontro para a tarde seguinte, mesmo tendo presente em mim a certeza de que não compareceria. Mas não soube dizer não.

Nem preciso contar a série de reações que experimentei naquela mesma noite, que não foram aplacadas sequer com uma dose de soníferos. O telefone não tocou nem uma única vez naquela noite, mas eu já estava decidido mesmo a colocar um fim naquilo tudo. O problema não estava na operadora de telemarketing, telefonista, trabalhadora, ou o que seja, mas em mim. A hipótese do suicídio martelou a minha cabeça das cinco da manhã até as seis e pouco mais ou menos.

Tentei matar a minha ansiedade, então mandei uma mensagem para minha aluna explicando que não tinha como a gente se encontrar na parte da tarde. Mas não melhorei nem um pouco. Ela demorou a visualizar a mensagem e sequer respondeu.

Eu oscilava entre a agonia e de outro lado a falta de coragem para acabar com a minha vida. Encruzilhada antiga.

No último fiapo de bravura que me restava, às nove e quarenta e cinco da manhã, me posicionei em frente ao telefone, frente à mesma janela de sol curitibano do dia da ligação.
E fiquei esperando a ligação da operadora. E ficarei aqui mesmo até falar com a atendente mais uma vez.

RODOPIANDO

Acordou no mesmo horário de toda quinta-feira, só que mais uma vez estava estranho. Organizou os textos da aula, só que o café não deu tempo de esquentar um novo. Leu um trecho do livro, só que as mensagens do celular já estavam apitando. Não teve tempo pra muita coisa, só que às seis e meia já devia estar no ponto. A demora excessiva o forçou a ir a pé ao trabalho, só que na manhã de mais uma semana garoando. Lembrou-se da chefia que odiava, só que não pensou, por enquanto. O portão abandonado e ninguém na cabine trabalhando. Nenhum carro se movimentava no estacionamento, e a passarela onde passou sozinho quase no assobio. As salas todas abertas e sem um único aluno. Socializou o incômodo no celular em um dos grupos, mas teve várias interrogações como retorno. Bateu o cartão ponto, passou de A a Z toda a extensa chamada, mas já não sabia se aplicava a falta. Tossiu e buscou na térmica o chá do dia anterior, mas só havia café gelado no copo. Resolveu acreditar que tudo seria apenas mais um atraso, mas foi um pensamento momentâneo. Desconfiou dos alunos, dos diretores, se alguma piada, esperou e resolveu fugir da sala. Escolheu deixar a escola e tomou a rua larga, sem saber se em mão única, ou se seguia pela calçada. Deu voltas inteiras na quadra, como quem rodopiando. Passou por nova travessa, sem medo algum de ser atropelado, ou mesmo de atrapalhar o tráfego. Uma fagulha de momento, mas estava seguro que não era seu aniversário. Olhou o bairro de relance, do alto de um pequeno morro, e apenas a névoa sobre cada telhado. Escutou a notícia na rádio, como se um dia de golpe. Voltou à vida e saiu dessa tempestade solitária na marcha de um bando, aos berros e brandos. De camisas coloridas, atrapalhando o trânsito. Traziam uma pele de dor e um grito nada manso. Reviveu na contramão atrapalhando o tráfego. Caminhou com as duas pernas ao lado de um manco. Respirou, só que com o peito arfando. Voltou em frente ao portão da escola onde uma multidão de jovens na entrada. Ainda estava no horário. O relógio parado no bolso, como se o tempo não tivesse se passado. Ainda deu mais três voltas na quadra até conseguir se convencer e aceitar o próprio trabalho. E que não era sábado. E que não era sábado. E que não era sábado. Entrou na escola, não sabe por vontade própria, ou se carregado.

– Desculpa a demora.
– Tudo bem.
– Não apareceu o seu endereço aqui no programa.
– Pois é. Estou usando há pouco tempo, aprendendo ainda.
– Uber black é mais caro, tá?
– Não sabia.
– O senhor está com pressa?
– Não, só crise de ansiedade.
– Oi?
– Nada, não. Há muito tempo nessa do Uber?
– Duas semanas.
– Conheci vários que estão há menos de um mês.
– Já está cheio de gente. Uma bosta.
– Achei que o Uber era a saída mágica.
– Pois é. E 25% fode a gente, mas dá pra viver. A situação tá uma merda, né?
– Uma merda.
– Desemprego foda.
– Governo de merda. O que você fazia antes?
– Ainda sou motorista do Samu, em Araucária.
– Conheço o sindicato de lá.
– Massa.
– E você leva os dois trabalhos?
– Trabalho doze por trinta e seis lá na área de saúde. E aqui na hora vaga.
(silêncio)
– Largo da Ordem? Vai sair um pouco?
– Um pouco.

– Está tendo batida da prefeitura lá.
– Eu vi. Foda.
– Foda.
– Eu nem preciso disso.
– Não precisa o quê?
– Sair. Não saio mais.
– Ah, é?
– Uso o tinder se eu quero transar.
– E rola?
– Fácil.
– E você não tem medo não?
– Do quê?
– De trabalhar à noite?
– De trabalhar à noite?
– Sim. Eu teria.
– Ainda mais eu sendo mulher, né? Muita violência. Mas é isso.
– É isso.
– Tem filho?
– Tenho, dois. Ficam com a minha ex o tempo todo. E você?
– Uma. Está na minha mãe.
– Sim.
– Sim.
– É aqui mesmo, obrigado.
– De nada.
– Esqueci seu nome.
– Nem precisa, está lá no programa.
(risos)
– Se possível dá uma avaliação boa, por favor.
– Pode deixar, eu marco lá as cinco estrelas.

MEMORIAL DO VELHO JONAS
(Ou uma carta a Nínive)

Fui visitá-lo talvez num mau momento. Só que não contive o impulso, afinal fazia muito tempo que não encontrava o seu Jonas. Quando me dei conta, eu já estava vivendo havia pelo menos um ano no mesmo bairro que ele. Como vivemos muito mais no trabalho do que com os pés no território, era natural que a correria jogasse esse compromisso pra frente. Ou então era eu que evitava encontrá-lo? Pode ser, até porque não ordenamos bem essas coisas. Mas quando percebi, caminhando pela vila e revendo velhos integrantes da associação de moradores, eu já estava em frente à casa de Jonas. Mentira, não houve casualidade, eu já estava programando e adiando, havia muito tempo, esse encontro. A sua casa de madeira verde trazia logo no portão da entrada o cartaz de um candidato a vereador, mostrando que o velho ainda era referência na política do bairro. Foi a esposa, dona Josefa, quem veio à porta, distraidamente abrindo alas pra mais um sujeito que visitaria o Jonas, o seu Jonas, o velho. Os cães e os gatos não se deram ao trabalho de me receber e em pouco tempo os cômodos minúsculos foram atravessados. Cheguei ao quarto onde ele estava na cama.

A imagem, filme que corre rápido na cabeça e não se encaixa no momento. Era ele mesmo, com quem participei da ocupação de vários terrenos, em 1991. Vinte e cinco anos depois. Uma vida. Meus filhos. Os netos dele. Tudo cabia dentro daquele período. O tempo pesou. Sobretudo pra Jonas, com 89 anos, a respiração frágil, aquela mão direita carregada de dedos decepados, o corpo magro agora quase sumindo debaixo das cobertas. A luminosidade do cinza de Curitiba entrando pela janela e iluminando as rugas morenas.

Seu Jonas não me reconheceu. Ele estava quase cego. Meu envelhecimento e mudança também foram gritantes. A meu lado, eu trazia comigo um estudante de jornalismo que desejava narrar em livro a história das ocupações daquele período. Jonas, a principal referência. Ele sabia disso e recebia ainda o pedido de apoio de vários candidatos à prefeitura e à câmara de Curitiba. Cartas, panfletos, cartazes. A TV, das poucas conexões permanentes de Jonas com o mundo exterior, ficava girando rostos de candidatos a cada comercial. Alguns haviam abandonado Jonas com promessas. Nunca mais apareceram pra visitá-lo a não ser na telinha. Havia certo rancor e lágrima com isso, expressos num silêncio e numa tosse prolongada.

Apresentados como dois jornalistas a ele, o velho agradeceu a visita, tossiu um pouco, e logo engatou uma narrativa de memória falando subitamente sobre mim, ou a pessoa que eu era e que ele achava que estivesse longe daquele quarto. O estudante me olhou e, com a cabeça, sinalizei que ele continuasse dando corda pra narrativa de Jonas. O velho que hoje estava dentro do quarto com o seu nome trazia o mito do homem no estômago da baleia, incrustado dessa vez na sua última viagem, numa viagem mesmo que imóvel, numa viagem mesmo que sem ida ou mesmo que sem volta.

Que importa. Ele descreveu com detalhes coisas que vivemos juntos naquela série de ocupações, na condição de principais líderes: ameaças e madrugadas em claro, articulação com vereadores, todo o tipo de desventuras – lágrimas que escorreram de nós três e até de dona Josefa, que da cozinha preparava chimarrão e escutava todo aquele memorial.

Ao final, o velho Jonas ainda sugeriu uma imensa mágoa que carregava comigo, estendia a mim o rancor que guardava com outras pessoas que o abandonaram. Mas não era só o eclipse político. Ele ainda narrou a seu modo um episódio que, na minha memória de sexagenário, eu simplesmente não ordenava, e que na época foi passível de um processo judicial: um terreno em disputa e que eu teria roubado de Jonas. Mas não pude dizer nada. Fiquei triste também com a nova opinião de Jonas de que eu havia abandonado tudo em troca de conforto e aceitado ser realocado pela prefeitura pra uma casa bem longe dali onde ele vivia agora, onde não tinha recebido nada, e onde o chão fora conquistado pelo povo dali mesmo, com esgotos a céu aberto e nenhum papel de garantia.

Na hora, aproveitei e disse que me conhecia, o tal do seu José – falei com distância de mim mesmo – e aproveitei pra também revelar algumas mágoas profundas que eu guardava com aquele período, com algumas decisões de Jonas, seu modo autoritário, falei sobre coisas que eu nunca havia lhe dito na vida. Ele negou, disse que o José estava errado. O estudante ainda perguntou se ele não gostaria de me reencontrar, ao que ele respondeu que não. Nunca mais.

Mesmo assim, apesar das desavenças entre Jonas e aquele personagem distante que eu era agora, de todo modo aquela memória, aquele ponto em comum entre duas pessoas que já nem podiam se ver direito, aquele respeito por essa memória, eram o nosso único ponto de conexão, meu e de Jonas, tábua na qual Jonas se agarrava na esperança da mensagem que até Deus não enviaria mais. "Eu não vou converter ou mudar aquele cabeça dura do José e nem ninguém", exclamou Jonas.

Encobertos por uma pessoa que eu não era, conseguimos ao menos dizer o quanto fomos amigos. Jonas cansou-se e cochilou de súbito. Enquanto ganhávamos as ruas depois de nos despedirmos de dona Josefa, o estudante, um tanto confuso, ainda quis conferir: "E o que eu faço com aquele processo que ele te responsabiliza? As pessoas perceberiam no vídeo se você der a sua versão. Não é certo com a dona Josefa se souber que a gente mentiu."

De fato. Não havia espaço para o método comum na narrativa jornalística de expor os dois lados. A versão absurda de Jonas estava gravada. Eu decidi então:

– Deixa como está. Não vou editar no vídeo o que a vida nunca apagou.

– E por quê você não pediu o apoio dele pra sua candidatura, me perguntou ainda o jovem.

Este livro foi composto em tipos *Garamond* sobre papel polem 85
em dezembro__ de 2019 pela Kotter Editorial em Curitiba.